DE MANIAKALE
CLOWN

DE MANIAKALE CLOWN

ALDIVAN TORRES

Canary Of Joy

Contents

1 De Maniakale clown   1

I

De Maniakale clown

Aldivan Torres
De Maniakale clown

Auteur: Aldivan Torres
2020 - Aldivan Torres
Alle rechten voorbehouden
Reeks: De perverse zusters

Dit boek, inclusief alle onderdelen ervan, is auteursrechtelijk beschermd en kan niet worden gereproduceerd zonder toestemming van de auteur, doorverkocht of overgedragen.

Aldivan Torres, geboren in Brazilië, is een literair kunstenaar. Belooft met zijn geschriften om het publiek te verrassen en hem tot de geneugten van plezier te leiden. Seks is tenslotte een van de beste dingen die er is.

De manische clown

Zondag kwam en bracht hem veel nieuws in de stad. Onder hen, de komst van een circus genaamd "Superster", beroemd in heel Brazilië. Dat is alles waar we over spraken in de buurt. Vreemd, de twee zusters geprogrammeerd om de opening van de show bij te wonen die vanavond gepland is.

Bij het schema waren ze al klaar om uit te gaan na een speciaal diner voor hun vrijgezellenfeest. Gekleed voor het gala, beide paradeerden tegelijk, waar ze het huis verlieten en de garage binnengingen. De auto binnenkomen, beginnen met een van hen die de garage sluiten. Met de terugkeer van hetzelfde, kan de reis zonder verdere problemen worden hervat.

DE MANIAKALE CLOWN - 3

Het verlaten van het district Saint Christopher, gaat richting district Boa Vista aan de andere kant van de stad, de hoofdstad van het achterland met ongeveer 80.000 inwoners. Terwijl ze langs de rustige wegen lopen, zijn ze verbaasd door de architectuur, de kerstversiering, de geesten van het volk, de kerken, de bergen waar ze over spraken, de geurige woordspelingen die in medeplichtigheid werden uitgewisseld, het geluid van luide rots, de Franse parfum, de gesprekken over politiek, zakelijke, samenleving, feestjes, noordoostelijke cultuur en geheimen. Ze waren helemaal ontspannen, angstig, nerveus en geconcentreerd.

Onderweg, direct, een fijne regen val. Tegen verwachtingen openen meisjes de ramen van het voertuig, die kleine druppels water smeren hun gezichten. Dit gebaar toont hun eenvoud en authenticiteit, ware alfastralen kampioenen. Dit is de beste optie voor mensen. Wat heeft het voor zin om mislukkingen te verwijderen, de rusteloosheid en pijn uit het verleden? Ze zouden ze nergens heen brengen. Daarom waren ze blij door hun keuzes. Hoewel de wereld hen veroordeelde, maakten ze er niets om, omdat ze hun lot bezaten. Gefeliciteerd met hun verjaardag.

Over tien minuten zijn ze al op de parkeerplaats aan het circus. Ze sluiten de auto, lopen een paar meter de binnenplaats van het milieu in. Omdat ze vroeg komen zitten ze op de eerste tribunes. Terwijl je op de show wacht, kopen ze popcorn, bier, laten ze de onzin vallen en stille woordspelingen. Er was niets beter dan in het circus te zijn!

Veertig minuten later wordt de show gestart. Onder de attracties zijn grappen, clowns, acrobaten, trapezeartiesten, slangenwereld, dodentol, goochelaars, jongleurs en een muzikale show. Drie uur lang leven ze magische momenten, grappig, afgeleid, spelen, worden ze verliefd, eindelijk leven. Met de scheiding van de show, zorgen ze ervoor dat ze naar de kleedkamer gaan en een van de clowns begroeten. Hij had de stunt bereikt om ze op te vrolijken alsof het nooit gebeurd was.

Op het podium moet je een lijn krijgen. Toevallig zijn ze de laatste die de kleedkamer in gaan. Daar vinden ze een misvormde clown, weg van het podium.

"We kwamen hier om u te feliciteren met uw geweldige show. Er zit een Gods geschenk in. Hij keek naar Belinha.

"Uw woorden en uw gebaren hebben mijn geest

geschud. Ik weet het niet, maar ik zag een verdriet in je ogen. Heb ik gelijk?

"Dank u beiden voor de woorden. Hoe heten jullie? Antwoord de clown.

"Mijn naam is Amelinha!

"Mijn naam is Belinha.

"Aangenaam. Je mag me Gilberto noemen. Ik heb al genoeg pijn meegemaakt in dit leven. Een van hen was de recente scheiding van mijn vrouw. Je moet begrijpen dat het niet makkelijk is om van je vrouw te scheiden na 20 jaar levenslang, toch? Hoe dan ook, ik ben blij om mijn kunst te vervullen.

"Arme jongen! Het spijt me! (Amelinha).

"Wat kunnen we doen om hem op te vrolijken? (Belinha).

"Ik weet niet hoe. Na de scheiding van mijn vrouw mis ik haar zo erg. (Gilberto).

"We kunnen dit oplossen, nietwaar, zuster? (Belinha).

"Tuurlijk. Je bent een knappe man. (Amelinha)

"Dank jullie, meiden. Jullie zijn geweldig. Uitverkoren Gilberto.

Zonder langer te wachten, ging de witte, lange, sterke, donkere mannelijke zich uit, en de dames volgden zijn voorbeeld. Totaal naakt, het trio ging in het voorspel op de vloer. Meer dan een uitwisseling van emoties en vloeken, seks vermaakte ze en vrolijkte ze op. In die korte momenten voelden ze delen van een grotere kracht, de liefde van God. Door liefde bereikten ze de grotere ecstasy die een mens kan bereiken.

De act afmaken, verkleden ze zich en zeggen vaarwel. Die ene stap en de conclusie die kwam was dat de man een wilde wolf was. Een manische clown die je nooit zult vergeten. Ze verlaten het circus naar de parkeerplaats. Ze stappen in de auto en beginnen hun weg terug te gaan. De komende dagen werden meer verrassingen beloofd.

De tweede ochtend is mooier dan ooit. Vroeg in de ochtend, zijn onze vrienden blij om de hitte van de zon en de wind in hun gezichten te voelen. Deze contrasten veroorzaakten in het fysieke aspect van hetzelfde gevoel van vrijheid, tevredenheid en vreugde. Ze waren klaar om een nieuwe dag te ondergaan.

Maar ze concentreren hun krachten op hun heffing. De volgende stap is naar de suite gaan en het met buitengewone landloperij te doen alsof ze van de staat Bahia zijn. Niet om onze dierbare buren te kwetsen, natuurlijk. Het land van alle heiligen is een spectaculaire plaats vol cultuur, geschiedenis en seculiere tradities. Lang leven Bahia.

In de badkamer doen ze hun kleren uit door het vreemde gevoel dat ze niet alleen waren. Wie heeft ooit gehoord van de legende van de blonde badkamer? Na een horrorfilm marathon, was het normaal om er problemen mee te krijgen. In de daaropvolgende oogst knikken ze hun hoofd om rustiger te zijn. Plotseling komt het op de geest van elk van hen, hun politieke baan, hun burgerschap, hun professionele, religieuze kant en hun seksuele aspect. Ze voelen zich goed over het zijn van onvolmaakte apparaten. Ze waren er zeker van dat kwaliteiten en gebreken aan hun persoonlijkheid werden toegevoegd.

Bovendien sluiten ze zichzelf op in de badkamer. Door de douche te openen, lieten ze het warme water door de zweterige lichamen stromen vanwege de hitte van de nacht ervoor. Vloeibaar dient als katalysator die alle slechte dingen absorbeert. Dat is precies wat ze nu nodig hadden: de pijn, het trauma, de teleurstellingen, de rusteloosheid die nieuwe verwachtingen proberen te vinden. Het huidige jaar was daarin nodig. Een fantastische bocht in elk aspect van het leven.

Het schoonmaakproces wordt gestart met het gebruik van plantensporen, zeep, shampoo, naast water. Op dit moment voelen ze een van de beste pleziertjes die je dwingt om het ticket op het rif en de avonturen op het strand te herinneren. Onbevredigend, vraagt hun wilde geest om meer avonturen in wat ze blijven om zo snel mogelijk te analyseren. De situatie die werd bevorderd door de tijd die werd bereikt bij het werk van beide als een prijs van toewijding aan de openbare dienst.

Ongeveer 20 minuten lang zetten ze een beetje opzij met hun doel om een reagerend moment in hun respectieve intimiteit te leven. Aan het einde van deze activiteit komen ze uit het toilet, veeg het natte lichaam met de handdoek, draag schone kleren en schoenen, dragen Zwitserse parfum, geïmporteerde make-up uit Duitsland met mooie zonnebril en tiara's. Volledig klaar, ze gaan naar de beker met hun tassen op de strip en groeten zichzelf gelukkig met de reünie in dankzij de goede Heer.

In samenwerking bereiden ze een ontbijt van afgunst voor: couscous in kippensaus, groenten, fruit, koffiebranders. In gelijke delen is voedsel verdeeld. Ze wisselen af van stilte met korte woorden, omdat ze beleefd waren. Het ontbijt is klaar, er is geen uitweg meer dan wat ze wilden.

"Wat stel je voor, Belinha? Ik verveel me.

"Ik heb een goed idee. Weet je nog die persoon die we ontmoetten op het literaire festival?

"Ik herinner me. Hij was een schrijver en zijn naam was Goddelijke.

"Ik heb zijn nummer. Zullen we contact opnemen? Ik wil graag weten waar hij woont.

"Ik ook. Goed idee. Doe het. Ik zal het geweldig vinden.

"Oké!

Belinha opende haar tas, nam haar telefoon en begon te bellen. Over een paar minuten, antwoordt iemand de lijn en begint het gesprek.

"Hallo.

"Hoi, goddelijke. Oké?

"Goed, Belinha. Hoe gaat het? "We doen het prima. Gaat die uitnodiging nog door? Mijn zus en ik willen vanavond een speciale show.

"Natuurlijk wel. Je zult er geen spijt van krijgen. Hier hebben we zagen, overvloedige natuur, frisse lucht buiten groot gezelschap. Ik ben ook beschikbaar vandaag.

"Wat geweldig. Wacht op ons bij de ingang van het dorp. In de meeste 30 minuten zijn we er bijna.

"Het is oké. Tot straks.

"Tot straks!

Het gesprek eindigt. Met een grijns stempel keert Belinha terug om met haar zus te communiceren.

"Hij zei ja. Zullen we?

"Kom op. Waar wachten we op?

Beide parades van de beker naar de uitgang van het huis, en de deur achter hen sluiten met een sleutel. Dan verhuizen ze naar de garage. Ze rijden de officiële auto van de familie, laten hun problemen achter op nieuwe verrassingen en emoties op het belangrijkste land ter wereld. Door de stad, met een luid geluid, bleef hun kleine hoop voor zichzelf. Het was alles waard op dat moment totdat ik dacht aan de kans om voor altijd gelukkig te zijn.

In korte tijd nemen ze de rechterkant van de snelweg BR 232. Dus, het begint de koers naar prestatie en geluk. Met matige snelheid kunnen ze genieten van het berglandschap aan de kust van de baan. Hoewel het een bekende omgeving was, was elke passage er meer dan een nieuwe. Het was een herontdekt zelf.

Door plaatsen, boerderijen, dorpen, blauwe wolken, as en rozen, droge lucht en warme temperatuur gaan. In de geprogrammeerde tijd komen ze naar de meest bucolische binnenkomst van het Braziliaanse binnenland. Mimoso van de kolonels, de helderziende, de Onbevlekte Ontvangenis en mensen met een hoge intellectuele capaciteit.

Toen ze bij de ingang van het district stopten, verwachtten ze je dierbare vriend met dezelfde glimlach als altijd. Een goed teken voor degenen die naar avonturen op zoek waren. Uitstappen, gaan ze naar de nobele collega die ze ontvangt met een knuffel die driedubbel wordt. Dit moment lijkt niet te eindigen. Ze zijn al herhaald, ze beginnen de eerste indrukken te veranderen.

"Hoe gaat het, goddelijke? Vraag Belinha.

"Goed, hoe gaat het? Het medium is in orde.

"Geweldig! (Belinha).

"Beter dan ooit, vulde Amelinha aan.

"Ik heb een geweldig idee. Zullen we de Ororubá berg op gaan? Het was er precies acht jaar geleden dat mijn baan in de literatuur begon.

"Wat een schoonheid! Het zal een eer zijn! (Amelinha).

"Voor mij ook! Ik hou van de natuur. (Belinha).

"Dus, laten we nu gaan. (Aldivan).

De mysterieuze vriend van de twee zusters... ging de straat op. Naar rechts, een privé-plek binnengaan en ongeveer honderd meter lopen, legt ze in de bodem van de zaag. Ze stoppen snel, zodat ze kunnen rusten en drinken. Hoe was het om de berg te beklimmen na al die avonturen? Het gevoel was vrede, verzamelen, twijfelen en aarzelen. Het was alsof het de eerste keer was met alle uitdagingen die door het lot belast werden. Plotseling staan vrienden onder ogen met een glimlach.

"Hoe is het allemaal begonnen? Wat betekent dat voor je? (Belinha).

"In 2009 draaide mijn leven om eentonig. Wat me in leven hield was de wil om te internaliseren wat ik voelde in de wereld. Toen hoorde ik van deze berg en de krachten van zijn prachtige grot. Geen uitweg, ik besloot om een gok te wagen namens mijn droom. Ik pakte mijn tas, beklom de berg, voerde drie uitdagingen uit die ik geaccrediteerd werd, in de grot van wanhoop, de meest dodelijke, gevaarlijke grot ter wereld. Daarin heb ik grote uitdagingen overtroffen door naar de kamer te gaan. Op dat moment van ecstasy werd ik helderziend, een alwetend wezen door zijn visioenen. Tot nu toe zijn er nog 20 avonturen geweest en ik zal niet zo snel stoppen. Dankzij lezers, bereik ik geleidelijk mijn doel om de wereld te veroveren.

"Spannend. Ik ben een fan van je. (Amelinha).

"Aanraken. Ik weet hoe je je voelt om deze taak weer uit te voeren. (Belinha).

"Uitstekend. Ik voel een mengsel van goede dingen, zoals succes, geloof, klauw en optimisme. Dat geeft me goede energie, zei de helderziende.

"Goed. Welk advies geeft u ons?

"Laten we ons concentreren. Zijn jullie klaar om het beter voor jezelf te ontdekken? (De Meester.)

"Ja. Ze hebben beide toegestemd.

'Volg me dan.

Het trio is hervat. De zon warmt, de wind waait een beetje sterker, de vogels vliegen weg en zingen, de stenen en de doornen bewegen, de grond trilt en de bergstammen beginnen te handelen. Dit is de omgeving die zich presenteert op de beklimming van de zaag.

Met veel ervaring helpt de man in de grot vrouwen altijd. Hij heeft als zo praktische deugden aangedragen als solidariteit en samenwerking. In ruil daarvoor leenden ze hem een menselijke hitte en ongelijke toewijding. We kunnen zeggen dat het zo onoverkomelijk, niet te stoppen, competent trio was.

Ze gaan stap voor stap de stap naar geluk omhoog. Ondanks de aanzienlijke prestaties blijven ze onvermoeibaar in hun zoektocht. In een vervolg vertragen ze het tempo van de wandeling een beetje, maar houden ze recht. Zoals het gezegde zegt, gaat langzaam ver weg. Deze zekerheid gaat altijd mee met hen, die een spiritueel spectrum van patiënten, voorzichtigheid, tolerantie en overwonnen creëren. Met deze elementen hadden ze het vertrouwen om elke tegenslag te overwinnen.

Het volgende punt, de heilige steen, eindigt een derde van de cursus. Er is een korte pauze, en ze genieten ervan om te bidden, te bedanken, om na te denken en de volgende stappen te plannen. In de juiste maatregel, wilden ze hun hoop, hun angsten, hun pijn, marteling en verdriet bevredigen. Voor het vertrouwen, vult een onuitwisbare vrede hun hart.

Met de heropstart van de reis, de onzekerheid, de twijfels en de kracht van de onverwachte terugkeer om te handelen. Hoewel het hen bang zou maken, droegen ze de veiligheid van het zijn in aanwezigheid van God en het kleine spruitje van het binnenland. Niets of iemand kan ze kwaad doen omdat God het niet toestaat. Ze realiseerden zich deze bescherming op elk moeilijk moment van het leven waar anderen hen gewoon verlaten. God is onze enige echte vriend.

Verder zijn ze half. De klim wordt uitgevoerd met meer toewijding en deuntje. In tegenstelling tot wat er meestal gebeurt met gewone klimmers, helpt ritme motivatie, wil en levering. Hoewel het geen atleten waren, was het opmerkelijk dat hun prestaties gezond en toegewijd jong waren.

Na het voltooien van driekwart van de route komt de verwachting tot ondraaglijke niveaus. Hoe lang zouden ze moeten wachten? Op dit moment van druk, het beste wat we konden doen was proberen de impuls van nieuwsgierigheid te beheersen. Het was nu allemaal voorzichtig door de handeling van de tegenstanders.

Met een beetje meer tijd maken ze eindelijk de route af. De zon schijnt helderder, het licht van God licht hen op en komt uit een pad, de voogd en zijn zoon Renato. Alles leek volledig herboren te zijn in het hart van die lieve kleintjes. Ze verdienden die genade omdat ze zo hard gewerkt hebben. De volgende stap van de helderziende is om een stevige knuffel te krijgen met zijn weldoeners. Zijn collega's volgen hem en maken de driedubbele knuffel.

" Goed je te zien, zoon van God! Ik heb je al lang niet gezien. Mijn moederlijke instinct waarschuwde me voor uw aanpak, zei de voorouderlijke dame.

"Ik ben blij! Het is alsof ik mijn eerste avontuur herinner. Er waren zoveel emoties. De berg, de uitdagingen, de grot en de tijdreizen hebben mijn verhaal gemarkeerd. Terugkomen brengt me goede herinneringen. Ik neem twee vriendelijke krijgers mee. Ze hadden een ontmoeting met de heilige nodig.

"Hoe heten jullie, dames? Vraag het aan de bewaker van de berg.

"Mijn naam is Belinha, en ik ben een auditor.

"Mijn naam is Amelinha, en ik ben leraar. We wonen in Arcoverde.

"Welkom, dames. (Bewaker van de berg.)

"We zijn dankbaar! Zei in gelijktijdige, de twee bezoekers met tranen door hun ogen.

"Ik hou ook van nieuwe vriendschappen. Naast mijn meester zijn, geeft me een bijzonder plezier van die onuitsprekelijk. De enige mensen die dat kunnen begrijpen zijn we tweeën. Is dat niet zo, partner? (Renato).

"Je verandert nooit, Renato! Je woorden zijn onbetaalbaar. Met al mijn gekte, was het vinden van hem een van de goede dingen van mijn lot.

Mijn vriend en mijn broer antwoordden de helderziende zonder de woorden te berekenen. Ze kwamen natuurlijk uit voor het ware gevoel dat voor hem gevoed heeft.

"We zijn correspondeert in dezelfde maatregel. Daarom is ons verhaal een succes, zei de jongeman.

"Wat leuk om in dit verhaal te zijn. Ik wist niet hoe speciaal de berg was in zijn baan, lieve schrijver, zei Amelinha.

"Hij is echt bewonderenswaardig, zuster. Trouwens, je vrienden zijn aardig. We leven in de echte fictie en dat is het mooiste wat er is. (Belinha).

"We waarderen het compliment. Maar u moet moe zijn van de inspanning die u doet bij het klimmen. Zullen we naar huis gaan? We hebben altijd iets te bieden. (Madame).

"We hebben de gelegenheid om onze gesprekken in te halen. Ik mis Renato zo erg.

"Ik vind het geweldig. Wat zeg je van de dames?

"Ik zal het geweldig vinden. (Belinha).

"Wij zullen!

"Dan gaan we! De meester is klaar.

Het kwintet begint te lopen in de orde gegeven door dat fantastische figuur. Onmiddellijk een koude klap door de vermoeide skeletten van de klasse. Wie was die vrouw, en welke krachten had ze? Ondanks zoveel momenten samen, bleef het mysterie op slot als een deur tot zeven sleutels. Ze zouden het waarschijnlijk nooit weten, omdat het een deel van het Bergheim was. Tegelijkertijd bleven hun harten in de mist. Ze waren uitgeput van het doneren van liefde en niet ontvangen, vergevingsgezind en teleurstellend weer. Of ze raakten gewend aan de realiteit van het leven of ze zouden veel lijden. Ze hadden dus wat advies nodig.

Stap voor stap, ze komen over de obstakels. Ze horen meteen een verontrustende schreeuw. Met één blik kalmeert de baas ze. Dat was het gevoel van de rangorde, terwijl de sterkste en meest ervaren beschermde, de bedienden terugkeerden met toewijding, aanbidding en vriendschap. Het was een tweerichtingsverkeer.

Helaas, zullen ze de wandeling met grote en zachtheid beheren. Wat was er in schattig hoofd gegaan? Ze zaten midden in de bos die door vieze dieren werden aangepakt. Verder waren er doornen en puntige stenen op hun voeten. Zoals elke situatie zijn standpunt heeft, was er de enige kans om jezelf en je verlangens te begrijpen, iets te kort in het leven van bezoekers. Binnenkort was het avontuur waard.

De volgende halverwege, gaan ze stoppen. Daar was een boomgaard. Ze gaan naar de hemel. In de toespraak op het Bijbelverhaal voelden ze zich volledig vrij en geïntegreerd in de natuur. Als kinderen spelen ze bomen klimmen, nemen ze de vruchten, komen ze naar beneden en eten ze. Dan mediteren ze. Ze leerden het zodra het leven door momenten gemaakt is. Of ze nu verdrietig of gelukkig zijn, het is goed om van ze te genieten terwijl we leven.

In de daaropvolgende oogst nemen ze een verfrissend bad in het meer. Dit feit leidt tot goede herinneringen aan één keer, van de meest opmerkelijke ervaringen in hun leven. Wat leuk om een kind te zijn. Hoe moeilijk het was om volwassen te worden. Leef met de valse, de leugen en de valse moraal van mensen.

Ze naderen het lot. Rechts op het pad, kun je al het eenvoudige krot zien. Dat was het heiligdom van de meest prachtige, mysterieuze mensen op de berg. Ze waren prachtig, wat bewijst dat iemands waarde niet in zijn bezit is. De adel van de ziel is in karakter, in liefdadigheid en begeleidende houdingen. Dus het gezegde zegt: een vriend op het plein is beter dan geld gestort op een bank.

Een paar stappen vooruit, ze stoppen voor de ingang van de hut. Krijgen ze antwoorden op je innerlijke onderzoek? Alleen tijd kan dit en andere vragen beantwoorden. Het belangrijkste hieraan was dat ze er waren voor wat er komt en gaat.

De rol van de gastvrouw, de voogd opent de deur, en geeft iedereen toegang tot de binnenkant van het huis. Ze gaan het lege hokje binnen, observeren alles op grote schaal. Ze zijn onder de indruk van de delicatesse van de plaats die wordt vertegenwoordigd door de sier, de voorwerpen, de meubels en het klimaat van mysterie. Tegenstrijdig waren er meer rijkdom en culturele verscheidenheid dan in vele paleizen. Dus, we kunnen ons gelukkig en compleet voelen zelfs in nederige omgevingen.

Eén voor één, je vestigt je op de beschikbare plaatsen, behalve Renato gaat naar de keuken om de lunch te bereiden. Het eerste klimaat van verlegenheid is gebroken.

"Ik wil jullie beter leren kennen, meiden.

"We zijn twee meisjes uit Arcoverde City. We zijn professioneel gelukkig, maar verliefde verliezers. Sinds ik verraden werd door mijn oude partner, ben ik gefrustreerd en Belinha bekent.

"Toen besloten we om terug te gaan op mannen. We hebben een pact gesloten om ze te lokken en te gebruiken als object. We zullen nooit meer lijden, zei Amelinha.

"Ik geef ze al mijn steun. Ik ontmoette ze in de menigte en nu is hun kans hier gekomen. (Zoon van God)

"Interessant. Dit is een natuurlijke reactie op het lijden van teleurstellingen. Maar het is niet de beste manier om gevolgd te worden. Een hele soort beoordelen door iemands houding is een duidelijke vergissing. Elk heeft zijn individualiteit. Dit heilige en schaamteloze gezicht van je kunt meer conflict en plezier veroorzaken. Het is aan je om het juiste punt van dit verhaal te vinden. Wat ik kan doen is steun geven zoals je vriend deed en medeplichtig worden aan dit verhaal... analyseerde de Heilige Geest van de berg.

"Ik sta het toe. Ik wil mezelf in dit heiligdom bevinden. (Amelinha).

"Ik accepteer ook uw vriendschap. Wie had gedacht dat ik op een fantastische soap zou zijn? De mythe van de grot en de berg lijken nu zo echt. Mag ik een wens doen? (Belinha).

"Natuurlijk, lieverd.

"De zorgentiteiten kunnen de verzoeken van de nederige dromers horen zoals het me is overkomen. Heb vertrouwen! (De zoon van God.)

"Ik ben zo ongelovig. Maar als je het zegt, zal ik het proberen. Ik vraag om een gelukkig einde voor ons allemaal. Laat ieder van jullie uitkomen op de belangrijkste gebieden van het leven.

"Ik sta het toe! Donder een diepe stem in het midden van de kamer.

Beide hoeren zijn op de grond gesprongen. Ondertussen lachten de anderen om de reactie van beide. Dat was meer een lot actie. Wat een verrassing. Niemand kon voorspellen wat er op de berg gebeurde. Sinds een beroemde Indiaan op de plaats delict overleed, had het gevoel van de werkelijkheid ruimte gelaten voor het bovennatuurlijke, het mysterie en het ongewone.

"Wat was dat voor donder? Ik tril tot nu toe, bekende Amelinha.

"Ik hoorde wat de stem zei. Ze bevestigde mijn wens. Droom ik? Vraag Belinha.

"Wonderen gebeuren! Op een gegeven moment weet je precies wat het betekent om dit te zeggen, zei de meester.

"Ik geloof in de berg, en je moet er ook in geloven. Door haar wonder blijf ik hier overtuigd en veilig voor mijn beslissingen. Als we één keer falen, kunnen we opnieuw beginnen. Er is altijd hoop voor de levende... verzekerde sjamaan van de helderziende die een signaal op het dak toonde.

"Een licht. Wat betekent dat? (Belinha).

"Het is zo mooi en helder. (Amelinha).

"Het is het licht van onze eeuwige vriendschap. Hoewel ze fysiek verdwijnt, blijft ze intact in ons hart. (Bewaker

"We zijn allemaal licht, hoewel op onderscheiden manieren. Ons lot is geluk. (De helderziende.)

Daar komt Renato binnen en doet een voorstel.

"Het wordt tijd dat we wat vrienden gaan zoeken. Tijd voor de lol is gekomen.

"Ik kijk er naar uit. (Belinha)

"Waar wachten we op? Het is tijd.

Het kwartet gaat in het bos. Het tempo van de stappen is snel wat een innerlijke angst van de personages onthult. Mimoso plattelandsmilieu heeft bijgedragen aan een spektakel van de natuur. Welke uitdagingen zou je aangaan? Zou de woeste dieren gevaarlijk zijn? De berg mythes konden op elk moment aanvallen wat gevaarlijk was. Maar moed was een kwaliteit die iedereen daar droeg. Niets zal hun geluk stoppen.

Het is tijd. In het team was er een zwarte man, Renato, en een blond. In het passieve team waren Goddelijke, Belinha en Amelinha. Met het team gevormd, begint het plezier tussen het grijze groen uit het platteland.

De zwarte gaat uit met Goddelijke. Renato

date Amelinha en de blonde man date Belinha. Groepsseks begint bij de uitwisseling van energie tussen de zes. Ze waren allemaal voor één en allen voor één. De dorst naar seks en plezier was voor iedereen gemeenschappelijk. Verandering van positie, elk ervaart unieke sensaties. Ze proberen anale seks, vaginale seks, orale seks, groepsseks onder andere seks. Dat bewijst dat liefde geen zonde is. Het is een handel van diepgaande energie voor menselijke evolutie. Zonder schuld wisselen ze snel partner uit, die meerdere orgasmes biedt. Het is een mengsel van ecstasy dat de groep erbij hoort. Ze hebben uren seks tot ze moe zijn.

Na alles is voltooid, keren ze terug naar hun oorspronkelijke posities. Er was nog veel te ontdekken op de berg.

Einde

www.ingramcontent.com/pod-product-compliance
Lightning Source LLC
LaVergne TN
LVHW020454080526
838202LV00055B/5443